TITE
DE
LEMOS

Bem-Te-Vi

TITE DE LEMOS

CADERNO DE SONETOS

coleção canto do bem-te-vi

Às graças todas, pela companhia,

e a Armando Freitas Filho, por riscar uns fósforos.

Mas no teclado as tuas mãos pararam
E indefinidamente repousaram…

FERNANDO PESSOA

I

A sombra o longo pátio visitava
e a sombra me assombrava. Ainda assombra.
Porque brilhava o sol havia sombra,
como um senhor carrega a sua escrava.

Não sei se sonho agora ou se sonhava:
na paisagem que vejo ainda há sombra
e a sombra que lá baila, ao léu, me assombra
a alma covarde num papel de brava.

As maçãs me fugiram pelos dedos
como as águas de rápidos regatos
que passaram mas eu não vi passar.

A tarde vem tecer velhos enredos.
Costura e recostura antigos fatos
como se a vida fosse algum tear.

II

Um coração *boxeur* que bate, bate
mas convenhamos gosta de apanhar
e bater pernas pelo bulevar:
assim é o meu, desgovernado iate

—não sou piloto para o tripular.
Onde céus ele vai? Tatibitate
atrás de um outro coração que o mate
ou lhe acenda uma luz crepuscular

antes que a noite finalmente caia,
noite definitiva carta escrita
em braile, noite noiva predileta,

antes que o dia saia e torne *maya*
tudo isso que passa por estrita
realidade, dor, desejo, meta.

III

Tua face transborda pelas taças
como se fosse mais de uma, duas,
todas as duas semi e todas nuas
embora blusas e vestidos faças

mais do que usas quando vais às praças
e a um sol completo opões tuas meias-luas;
faltava um quarto em ponto para as duas,
sei já de cor a hora em que tu passas

na amplidão da esplanada, te tocaio
e estendo-te o anzol de uma mirada
à espera como sempre de um milagre:

que me dê fevereiro a flor de maio
e ela, por diferente e inesperada,
o meu amor por ti por fim consagre.

IV

A pupila que treme era serena,
sem leme até sabia navegar
mesmo em remoto tenebroso mar.
Foi quando viu (ouviu: era sirena)

o som do olhar (a luz da voz) de Helena
que os homens ensinava a guerrear
com seu ar de menina, inocente ar,
medicina que cura e que envenena.

O vento despedaça as velas, parte
o mastro deste barco e abandonado,
fantasma, ele persegue seu destino

e a bordo sigo, não de todo, em parte,
esta parte de mim que me tem dado
a sensação de ser velho e menino.

V

Viver a vida como uma gravura
gravada com mais cores do que a vida
terá sido ou jamais será vivida;
despetalá-la, que ela pouco dura

e embora breve não é leve, é dura
e na chegada é o que era na partida,
a saga—a carochinha—conhecida
que, ensolarada ainda, é fria e escura.

Deixa por isso que te leve a vida
tal como a correnteza levarla
uma folha bronzeada pelo outono

e pelo pôr-do-sol recolorida
ao pano lento deste fim de dia:
ninguém é nem és tu teu próprio dono.

VI

Nuvem é nuvem nunca, já desfaz-se
apenas um segundo após formar-se.
Sua forma presente é só disfarce,
face que fosse face sem ter face,

traçado que o olhar não decifrasse
embora o olhasse a ponto de cansar-se.
Seu contorno se furta de alcançar-se
e nem está mais lá. Foi-se, fugace.

Ninguém sabe se teve mãe ou pai
—dOnde venho, aOnde vou, quem sou, existo?
Então a nuvem se transforma em chuva,

casa no céu com o céu inteiro e cai,
volúvel noiva, lágrima de Cristo
que o sol e os outros astros enviúva.

VII

Começo pelos olhos cor de cobre
que um tênue pó de estrelas cobre e doira;
não sei ainda se é morena ou loira.
Digo a meu self vai lá, vê se descobre.

Desço ao queixo, ao pescoço, à nuca nobre,
à penugem na pele que os encoira
fina como a da bailarina, Moira,
e a visão sua faz com que me dobre.

Toco as ancas que alguém terá tocado,
ancas de Bárbara, com mãos de bárbaro,
trago-lhe azuis e rosas da Bulgária,

espanco-a tanto quanto a tenho amado.
Chego ao balcão e peço um bife tártaro.
Thank God essa garota é imaginária.

VIII

Púrpura, pólen, restos de violetas
comestíveis, amoras maceradas
ao longo dessas longas densas pretas
tantas intermináveis madrugadas...

Composição de búzios ou varetas,
três de ouros, dez de paus, dama de espadas...
não faças caso disto, não te metas;
tuas palavras não foram chamadas.

Prova desses morangos e pistaches,
não busques descrever que gosto têm
—é puro desperdício tal esporte.

Não procures, é certo que não me aches,
nem definas, que não te fará bem:
deixa sortear-te a Sorte a tua sorte.

IX

Marco encontro contigo numa esquina
do zodíaco vasto e inconquistado
embora mores logo aqui do lado
com toda a tua graça feminina.

E me perco no meio da neblina
que voga pelo céu desabitado.
Tomo, ingênuo, por certo o rumo errado
e a insensata viagem me assassina.

As estrelas despencam sobre o cerro,
brincos de dançarina extenuada,
mas minha nave vaga sem descanso

por uma carta astral de ensaio-e-erro.
Onde te constelaste neste nada
ver-te me ressuscita—e canto. E danço.

X

Te amo de paixão. Ou pego leve?
se por sextos sentidos de mulheres
—ou prudência? Pudor?—assim sugeres.
Se pedires porém dissolvo a neve

que te envolve, sitia e circunscreve.
Pois se com teu relâmpago me feres
o olhar desprevenido e se me queres
só por alvo de um tiro seco e breve,

te amo ainda de paixão e mais
amaria se, amor, não te bastasse,
feroz, manso, pequeno e universal,

amor de espíritos e de animais,
primeiro amor, amor de desenlace,
o amor além do bem e além do mal.

XI

Ninguém, nada, nenhum anel me algema.
Nunca vi Nínive, Avignon, Veneza
e onde mais a memória me ande presa.
Sequer mais-que-perfeita e cara gema.

me move ou esclarece o meu dilema.
A lua conta gotas de framboesa
e dos sonhos a alma acorda ilesa;
bronze algum me embeleza nem me emblema.

No corpo, sim, lá estão as cicatrizes,
traços, cacos de um salmo de Davi.
Por mais que disto tudo tanto distes,

será preciso que me realizes
pois não estou no fundo nem aqui
nem, muito, existo, apenas tu existes.

XII

"Aulas (curso noturno) para musas:
não precisa experiência anterior;
fotografia, preto-e-branco ou cor.
Completaremos linhas inconclusas.

Transparentes serão feições escusas"
se eu puder ser teu Dante, ou confessor,
romper-te de contentamento e dor,
presentear-te o amor que me recusas.

Verás teipes históricos de damas
que arqueiros de outras eras desarmaram.
Das Graças, Lola, Gala, Nova, Norma.

Depois, a sós, te amo e tu me amas,
gratos aos fatos que nos inspiraram
tão delicada e tão cruel *performance*.

XIII

As rosas pálidas, assexuadas,
os peixes maculando a água do aquário,
a percussão da chuva nas calçadas,
as traças almoçando o dicionário...

A presença das coisas evocadas,
velhos sachês achados num armário,
perfuma o quarto de estações passadas
mas tudo é puramente imaginário,

desilusões de ótica, aromática
palpitação do espírito, confusa
dialética, parca matemática

para explicar tão críptica equação.
Olhos d'água, cabelos de medusa,
essas sombras aí, me diz, quem são?

XIV

Disse a diva ao maestro eu sou a bela
circundada de círculos, de argolas.
Por isso em torno a mim é que te argolas
e o meu olhar a noite toda estrela.

O violinista acende-lhe uma vela,
um mendigo lhe vem pedir esmolas
e ela, a bela, lhe atira aqueles *dollars*.
O olhar que o aquece é o mesmo olhar que o gela.

Seus gestos eram sem misericórdia,
rachava corações como quem racha
pinus sylvestris e no fim sorria.

Na opereta de amor e de discórdia
o libretista indaga mas não acha
quem triunfa de quem, Musa ou Poesia.

XV

A grande mãe é arcanjo do menino
em órbitas de rímel e mormaço,
cometimento suave e bizantino:
Eu te amparo, eu te escudo e eu te abraço.

Ele nem tão criado ou pequenino
quer saber "onde estou, por onde passo"
e se deixa enlaçar no mesmo laço.
Não era nem humano nem divino.

O cata-vento o cata, até o luar
o cega, o sol diurno o paralisa,
um inseto esvoaça em sua vista.

Fragmentos de mosaico a combinar,
puzzle santo, figura dois, precisa
imprecisão de História que o despista.

XVI

X ela se chamava, eu a chamava
diferente ou lá sei como chamá-la,
esqueci no convés a minha mala
e nela tudo que colecionava.

Do píer, a distância, eu a fitava,
desola-me perdê-la bala a bala:
nenhuma há que a transfixe; só resvala.
Te perdi sete vezes, esta é a oitava.

Um tempo andaste desaparecida,
não se podia definir-te o rosto,
não repitas teu nome ou mesmo o digas.

Daquela velejei até esta vida
e aqui me tens mais uma vez exposto
ao carnal apetite das formigas.

XVII

Lisa De Leeuw, Rhonda Jo Petty, Pia
Snow, Andrea, Sahara, Anna Ventura,
Fiona, Olga, Doris, Ginger Lynn, Day, Dia,
Kari Foxx, Mata-Hari, Christy, Jura,

Lizzie, Lynn, Amber Lynn, Annamaria,
Kris, Tara, Nera, Ira, Cora, Sura,
Taija Rey, Alba, Flora, Cara, Mia,
Maria del Pilar, Sol de Miura,

Susanne, Suzana, Sonja, Sonya, Abril,
Imara Mello d'Albuquerque e Lara,
Lois Ayres, Tina, Mona, Mara, Nella,

Viola, Rapunzel, Daniela, Jill,
Claro de Lua, Acácia, Luna Clara,
Dina, Arabela, Bella, Donna. Bela!

XVIII

Conservei seus recados dia a dia
e em cada um li sua assinatura
até quando você não os escrevia,
apenas lhes raspava a zona escura.

Conheço-lhes de ouvido a melodia,
ouço-a mesmo sem estar à sua procura.
Eu não sabia, sabe? o que fazia
e menos sei agora. Vida dura.

Tardo mas leve venturoso abril,
um tapeceiro atento o ajardinara,
criação que o criador feliz entela

(bebeu demais, não sei se você viu,
mas a manhã desponta sóbria e clara).
Nunca mais vi pintura como aquela!

XIX

Uma lembrança sem licença se insinua
entre os dentes das rodas do meu pensamento.
Não vestia vestido, vinha toda nua,
já mal sei se é que a lembro ou se será que a invento.

Ela chega apressada e às pressas volta à rua
mas sempre torna a casa quando vira o vento
e ao mesmo tempo que me acalma tumultua
e com brandura me consome em fogo lento,

fortuita encarnação de amores e amizades,
aquilo que dos olhos escondia um muro,
o alô dos lenços das sacadas e janelas,

as porcelanas num bazar de antiguidades,
telegramas que cifras em assírio obscuro
no alto das altas torres onde te encastelas.

XX

Nasci de uma anciã, paciente tartaruga
enquanto tu Vanessa cardui e inconsequente
és desjejum de um raro antúrio que madruga
sentindo o cheiro de tua carne terna e quente.

Diga se isto te excita, *dear*, a mim me pluga
mirabolante, mais, miraculosamente.
Nem se contraia, o sol experto logo enxuga
o orvalho que emudece a relva subjacente.

Força era ter, admito, elegância britânica
—ver a fonte jorrar, o vulcão que babava;
nada que começasse, nada tinha fim.

No próximo semestre de zoobotânica
perguntarei ao mestre se desconfiava
que as coisas são completamente tão assim.

XXI

Nem senha ou chave ou laivos de filosofia
nem teoremas de avançada geometria;
Newton, Pitágoras, ninguém numeraria
o que a pássara disse e diz quando cicia.

Alguém te crucifica no adro da abadia
e herda e habita teu corpo que já quase esfria.
Os luminosos se ofuscaram (mais um dia?)
e assim tranquilo um dia ao outro se cosia.

Teia de renda negra, estranha malharia
sobre a face polida, lapidada e fria.
Por ela qualquer um caiu, cai, cairia

ou cairá, é só questão de dia. Adia
as tuas outras datas. Deita. Te esvazia.
E lá um dia a outro e a outro se seguia.

XXII

... e eu que me tinha por astuto e esteta,
o rei da dupla exata e da trifeta,
um ás da cambalhota e da pirueta,
hoje estaco ante a espada que me espeta

a língua outrora lépida e direta.
Singular companhia, aquieta e inquieta.
Qual delas? Todas? Thalia? Aglaia? Kleta?
vara-me o coração de tanta seta?

Vês a valise, a *Gucci* roxa e preta?
Nela guardei os lápis do poeta
antes que outro soneto ele cometa.

Câmbio, já não sustento a linha reta.
Máximo afeto. Vai por estafeta.
Te vejo em Alfa do Centauro. Ou Beta?

XXIII

Toda vida é rascunho impermanente
manuscrito com tinta azul lavável.
Não divise futuros, não invente
eternidades nem se torne escrava

de horizontes perdidos e apagados.
Somos mortais, por isso celebramos
casuais centelhas de imortalidade.
Por mais que dure e se transvie em ramos,

uma árvore tem a sua hora.
Se a chuva a curva, sofre mas não chora,
senão, dizem, até se alegra e gosta

sem se dar ao trabalho de sorrir.
Deus, amor, lhe dê olhos de menina
que a paisagem de hoje descortinem.

XXIV

Aqui no claro-escuro, mais escuro
que claro desta sala me concentro;
tento ver fora o que se encontra dentro
mas nada à volta o iguala e não me curo

de uma certa tristeza que me invade
imperceptível quase, chuva fina
ou notas orquestradas em surdina,
si/lá/sol entre os ruídos da cidade.

Redesenho teu rosto na memória
e te revejo, brumas numa tela
interior e primitiva. E ela

nada desvenda, amada, de tua história
nem teu mistério aclara enquanto busco
delinear-te à luz do lusco-fusco.

XXV

Amar-te é um exercício de rigor
a menos que me perca no caminho
que percorro sem bússola, sozinho,
de não sei onde para onde for;

é flutuar à deriva, ao bel-sabor
do mar alto entre as ondas qual barquinho
doidinho, bêbado de água e vinho;
amar-te é acumular provas de amor.

Amar-te é vida em jogo e porta aberta
e é súbito, num lance, arriscar tudo,
algo que me aprisiona e me liberta,

veste de que me visto e me desnudo.
Por isso assim me vês, grave e festivo,
se morro desse amor mas dele vivo.

XXVI

O voo de seus cabelos é castanho
mais do que são castanhos seus cabelos
—brilhos que quase sem querer apanho
no ar, ocasionais. Quero revê-los

quando você já não estiver diante
dos meus olhos atentos e gulosos
e só minhas lembranças de elefante
me devolverem íntegras as vozes

daquele instante tão particular.
Não apenas as falas mas as pausas,
o dito e o que ficou por declarar,

tudo enfim que causou e ainda causa
tão intensa intenção de mergulhar
em seus olhos: eu, rio; você, mar.

XXVII

Nem tomes por virtude o que é defeito,
floreios de poetas amestrados,
nem tenhas por humano o que é perfeito,
coisa de heróis e deuses aplicados.

Deve ser que não levo muito jeito
ou quando pense certo faça errado
e ande torto julgando andar direito,
sujeito cego atrás do objeto amado.

Persigo a brevidade de um instante
que toda eternidade contivesse:
nisso me acho e nisso estou perdido

com desvelo tão quieto e tão constante
que vivê-lo, mais nada, me envaidece
e até nem cuido ser correspondido.

XXVIII

Despir, não decorar, dileta flor,
é serviço daquele que bem-ama
pois amor não põe mesa nem faz cama,
antes priva da posse o possuidor.

Preste atenção: talvez nem seja o amor
belo mas só vital para quem ama
embora queime o amante, por ser chama
voraz que tira mais que pode pôr.

É bilhete sem volta, só de ida,
este que tem nas mãos quem, por passivo,
por enigma ou por lei desconhecida,

não descobre nenhum outro motivo,
mesmo que nele esbarre pela vida,
para agradar-se apenas de estar vivo.

XXIX

Fortuna foi ter vindo, claro, o dia
em que olhei ao redor e vi-te ao lado,
prêmio por algum deus bondoso dado
a mim que tal favor não merecia

e em milagres há tempos já não cria.
E eu que de tudo andava consternado
e luz não via, em meu sombrio estado,
e carregava a alma tão vazia

deixei entrar a luz daquele dia
pelos olhos e pelo coração
e foi aquele o dia mais bonito

que já terei vivido ou viveria
noutra vida. Pois como dizer não
a um acaso que estivesse escrito?

XXX

Isolda, Julieta, Guinevere,
entre outros tantos nomes de mulher...
Distintas ninfas mas um só mister
e igual artesanato em seduzir.

Lendas são lendas, coisas que hão de vir
e passar, ou ficar, se o que vier
inadvertidamente assim quiser
e disto não consigas mais fugir.

Deixa, meu coração, que te conduza
a direção do vento mais vadio
e a travessia, é certo, será leve

mesmo que à volta a luz seja difusa.
Deixa riscar-te a pele esse arrepio
e o caro nome de tua amada escreve.

XXXI

Torna a escrevê-lo, o nome amado, e assina
o teu ao lado dele e embaixo e acima
num amoroso cerco e te aproxima
do endereço, não o percas, da menina,

aquela com quem sonhas, tua sina.
Nem sejas comedido nessa estima,
já que por tal estilo amor não prima,
ou resistas ao sopro que te inclina

embora chegue e passe assim tão breve
verso esquivo, impossível de compor,
flecha ligeira, brisa repentina.

Esquece tudo, esquece. Escreve, escreve
a primeira—a final—lição de amor,
que faz desaprender mais do que ensina.

XXXII

Diverso e colorido território,
pátria de tudo quanto a mim é externo;
vejo nascer o dia mas me interno
na penumbra do meu laboratório.

Cenas reais num reino só ilusório,
pensamentos que penso e à força externo;
quem me dera ser prático e moderno
e visse atrás das sombras do escritório

a luz que me trouxesse à superfície
salvo desse mergulho em mar adverso
em que todo o meu fôlego perdi.

Quem me dera me ouvisses e eu te ouvisse
por cima dos barulhos do universo.
Meu universo se resume a ti.

XXXIII

Deliras, me dirás. Deliro, é certo,
mas são delírios sérios, ajuizados,
ou certo jeito de lançar os dados
e te sabendo longe ter-te perto.

Folias, pensarás, pelo deserto
jogar sementes como jogas dados,
adormecer com os olhos acordados
e ao despertar ainda estar desperto.

Não colho flores, antes me exercito
nessas artes de amar-te por inteiro
como se fossem artes marciais.

Por isso amor é escrito e assim reescrito.
Por isso é assíduo assim e assim guerreiro
o meu amor, amor de samurais.

XXXIV

Estudei numa escola militar
mas perdi-me em ciências marcianas.
Tinha ideias por sãs que hoje acho insanas;
não faço ideia de onde isto vai dar.

Visões agora vêm me visitar
e saio à toa à cata de nirvanas.
Pensas que enlouqueci e não te enganas.
Enlouqueci. Enlouqueci de amar.

Quero um dia voltar a terra firme,
rasgar todo saber e toda arte
deste liceu de ofícios siderais.

Contudo para deles despedir-me
é preciso que saiba onde encontrar-te.
Me diz então, me diz aonde vais.

XXXV

La vie, c'est un cahier que l'on déchire,
c'est des lettres écrites en bleu-de-chine;
et ces traits qu'au hasard la vie dessine
sont des mots que personne ne peut traduire,

des horizons perdus par les navires;
vie tellement mortelle et enfantine,
bien qu'immortale parfois elle s'imagine.
L'histoire d'un arbre, il faut toujours la lire:

un arbre, quand il est prêt à mourir,
ne pleure jamais, et il n'est jamais à part
de la nature qu'il goûte sous la pluie

sans se donner la peine de sourire.
Puisse ton regard, ma fleur, puisse ton regard
voir les couleurs, sans plus, de ce jour-ci.

XXXVI

Descrito, amor deixa de ser discreto?
E por deixar de ser discreto deixa
de ser leal, total, amor de gueixa,
ilimitado amor, amor sem teto?

Se assim for te prometo, sim, prometo
não replicar jamais à tua deixa,
que o coração, sem fala, não se queixa:
melhor será que o amor seja secreto.

Quem sabe se um segredo assim guardado
no fundo de um baú, a lacre e selo,
bilhetinho de amor codificado,

tão cercado de zelo e de cuidado
não te faça algum dia querer tê-lo
letra por letra dito e decifrado?

XXXVII

De tanto que te tenho olhado e amado,
de tanto que te fico imaginando
não sei onde nem como e não sei quando,
de tanto que te tenho desejado,

já não sou quem eu era no passado
nem sou quem sou agora e em mim não mando
como mandava em mim, não lembro quando;
de tanto que te tenho idolatrado.

Meu estilo, bem sei, passou de moda,
zarpou daqui como furtiva escuna
ao vento que não posso acorrentar.

É assim que o mundo anda, é assim que roda
a imprevisível roda da fortuna
enquanto ancoro ainda em teu olhar.

XXXVIII

V de você, de Vésper, V de vida,
V vaporoso, o vento o varreria,
o V do corvo e o V da cotovia,
V de Vesúvio, lava revolvida.

V que vem de vaguíssima avenida,
V que vadia, vai, volta, assovia,
névoa na voz de um V, V de vazia
vana veloz verbena esvanecida.

Lava de vez de vês o teu arquivo
e escreve um V diverso, um verso-chave
aveludado, um V de bem-te-vis

ou V selvagem, virgem, primitivo,
como o V de um cavalo e um V de ave:
teu V e o de tua noiva *vis-à-vis*.

XXXIX

Canção medida, comedida, igual
a tantas outras antes dedilhadas,
lidas, relidas para namoradas;
restos no ar de um velho madrigal

que terá sido um dia original;
palavras soltas, linhas mal traçadas,
rimas pela paixão tiranizadas,
estilhaços de lua num vitral.

Escuta, nem me importa aplauso, ou vaia.
Mesmo que esta canção não diga nada,
um ouvido aplicado não se engana.

Mesmo que da garganta nada saia,
deixa que te enderece, minha amada,
só mais uma balada italiana.

XL

Nada quero de ti, quero de mim:
querer-te sempre como quero agora
e como, sem saber, já quis outrora.
Por isso estou aqui, por isso vim

te ver antes de ver de tudo o fim
que—vês, amor? Eu vejo—não demora.
E em outra estrela, quando chegue a hora,
quem sabe te recordarás de mim?

como comigo te recordarei.
E outra vez me dirás "delírio puro!"
Me reconhecerás então, enfim,

e à vida alegremente voltarei
quando tua voz iluminar o escuro
com o cristalino, o claro som de um sim.

XLI

Não sei nem gosto de entalhar palavras
para enfeitar os sentimentos bravos.
Busco só, nada mais, achar a chave
que o cofre do teu coração me abra.

Mas sofre e como sofre o meu, em chamas,
e logo perde o passo e a calma e grita,
acena, canta. Inútil. Distraída,
não o escutas por mais que ele te chame.

Seria o tórrido janeiro a causa
dessa espécie de febre? Tanto sol,
tanta luz matinal, suor e sal

de lágrimas... Me calo. Então me amarras
outra vez. E, cativo, me consola
apenas o concerto das cigarras.

XLII

Amor, querem alguns, conquista terras,
rompe fronteiras, finca a cruz da posse,
alcança o topo das montanhas. Erra,
penso, quem pensa assim. Será que posso

recitar-te a receita, amor, do amor
perfeito? Não se mova, aceite o toque,
o sobressalto, o susto (e aonde for
deixe-o ir: "do destino ninguém foge")

—esses truques que a mente não entende,
bruxarias, brinquedos de duende
desocupado ou vento vagabundo.

Brinde em silêncio, faça a volta ao mundo
sem sair do lugar, aí, contigo,
e amor será por certo teu amigo.

XLIII

Meu amor adorado, minha dona,
pera-uva-maçã de antigamente,
me diz se isto acontece mesmo ou sonho
e sinto tudo e você nada sente.

Risco de luz na escura via láctea
do meu mapa, domingo repentino
no meio da semana útil, sino
tocando à toa, por nenhuma data

especial, riqueza entesourada
no fundo falso da imaginação
Pode ser nada tudo e tudo, nada?

Diamantes e cinzas, vêm e vão
as cartas que o acaso distribui.
Contudo guardarei só uma, a tua.

SOBRE O AUTOR

Tite de Lemos, nome artístico de Newton Lisboa Lemos Filho, era poeta, letrista de música, dramaturgo e jornalista. Aliás, um dos poetas mais importantes da geração dos anos 1970, ao lado de nomes como Armando de Freitas Filho e Cacaso. Publicou quatro livros de poesia: *Corcovado Park* e *Marcas do Zorro* (ambos em 1979), este último com prefácio do futuro acadêmico Ivan Junqueira; *Caderno de sonetos* (1988), agora em reedição; e, o último em vida, *Outros sonetos do caderno* (1989), com orelha escrita por Otto Lara Resende, todos publicados pela Editora Nova Fronteira. Como letrista, teve uma duradoura parceria com a compositora e cantora Sueli Costa, em canções gravadas por Maria Bethânia ("Assombrações", "Sombra amiga", "Encouraçado", "Conversações com João e Maria" e muitas mais), Marisa Gata Mansa ("Aldebarã"), Fafá de Belém ("Duas") Cauby Peixoto ("Medo de amar nº 2"), Ney Matogrosso ("Açúcar-Cândy"), e pela própria Sueli Costa, entre outros. No teatro, produziu três peças: *A serra*, *A lição* e *A bola*. Além de ter trabalhado no jornal *O Globo*.

Mais de vinte anos após sua morte, em 2010 a 7 Letras lançou *Bella Donna*, com poemas inéditos do autor. Mas para quem teve a sorte de ouvi-lo declamar, o som de sua voz potente recitando de cor "A tabacaria", o longo poema que reflete a condição humana entre a realidade e o sonho, com seus versos torrenciais e livres, de autoria de Álvaro de Campos, heterônimo de Fernando Pessoa, trata-se de uma memória viva e inesquecível.

editora responsável
VIVI NABUCO
editoria executiva
SEBASTIÃO LACERDA
assessor especial
FERNANDO PEDREIRA
assessoria jurídica
MANOEL NABUCO
design gráfico
RAUL LOUREIRO
revisão
MAURO BORGES
coordenadora do projetos
LIANA PÉROLA SCHIPPER
produção gráfica
MARCELLO BRAGA MACHADO
apoio à produção
PÊTTY AZEREDO
EVANDRO JOSÉ SALVINO

CIP-Brasil. Catalogação-na-fonte
Sindicato Nacional dos Editores de Livros, RJ
L576c
2. ed.

Lemos, Tite de, 1942-1989 Caderno de sonetos /
Tite de Lemos ; organização Sebastião Lacerda. —
2. ed. - Rio de Janeiro : Bem-Te-Vi, 2016. 64 p. ; 21 cm.
(Canto do Bem-Te-Vi ; 4)
Inclui índice

ISBN 978-85-88747-53-1

1. Poesia brasileira. I. Lacerda, Sebastião.
II. Título. III. Série.

16-37670 CDD: 869.91
CDU: 821.134.3(81)-1
08/11/2016 10/11/2016

Esta edição respeita o Acordo Ortográfico
da Língua Portuguesa em vigor desde 2009.

Foi feito o Depósito Legal junto
à Fundação Biblioteca Nacional.

Este livro foi composto em Grotesque
na Gráfica Editora Stamppa para a Bem-Te-Vi
Produções Literárias, na primavera de 2016.

BEM-TE-VI
PRODUÇÕES LITERÁRIAS
ESTRADA DA GÁVEA 712/502
SÃO CONRADO
RIO DE JANEIRO — RJ
CEP 22610-002
EMAIL: BEM-TE-VI@BEM-TE-VI.NET
WWW.EDITORABEMTEVI.COM.BR